꽃잎 발자국

정민기 동시집

시인의 말

지난 동시집 『똥 빌려주세요』 이후,
써 놓았던 동시 중에서 70편을 책으로 엮습니다.
첫 동시집 『바람의 축구공』을 2009년 5월에
출간했으니, 어느덧 13여 년이 흘러갑니다.

세월이 흐르고, 나이를 먹은 만큼
동심이 점점 줄어드는 것 같습니다.
동시보다도 시를 더 많이 짓는 요즘입니다.

만삭으로 우주 궤도를 돌고 있던 지구가
드디어 새로운 봄을 출산하였습니다.
첫걸음마를 시작하는 아기를 보듯 신선합니다.

부족한 저의 동시에 봄바람 같은
훈훈한 입김을 불어넣어 주신
문근영 시인님께 깊은 감사 인사를 드리며,
이 동시집을 읽는 해맑은 아이들과
동심을 잃지 않으려는 어른들께도
진심 어린 고개를 숙이며 감사드립니다.

2022년 꽃향기 휘날리는 봄날에
정민기

차례

시인의 말

제1부 꽃잎 발자국

제2부 냄비 귀

제3부 고양이 쥐 생각

제4부 스팸

제5부 4월 16일 우리는 별이 되었어요

제1부

꽃잎 발자국

꽃잎 발자국

꽃잎이
떨어져 있네

향기가 걸어간
발자국

캥거루

앞치마 두른 그대로
집 앞 마트에 간 엄마

계산하려고
앞주머니를
뒤적거린다

애가 어디로 갔나!

아기 캥거루 찾는
엄마 캥거루 같다

<u>요요</u>

거미 한 마리
가느다란 줄을 타고
내려온다

내려오다
다시 올라간다
또 내려온다

거북이

소풍 간다

등에는 도시락

뚜껑만 크다

착한 피에로

재니와 세찬이
세종이는 단짝 친구입니다

셋은 부모 없이
할아버지랑 할머니랑
사는 아이들이에요

기다려지는 급식 시간,
재니와 세찬이
그리고 세종이는

후식으로 나온 방울토마토를
콧등에 갖다 대며
피에로 흉내를 냅니다

슬픈 얼굴이지만
반 친구들의
웃음보따리를 풀어주는
착한 피에로입니다

밭 갈아엎던 소의 휴식 시간

어선이 항구에

닻을 내리고

정박 중이다

우산

비 오는 날
우산을 쓰고 걷는다

방학하는 날이면
생활 계획표를 짰었다

우산살에 고정된
천에 짜인

비의 생활 계획표

유모차

마을 회관 앞
유모차 대여섯 대
삐뚤빼뚤 쓴 글씨처럼
주차되어 있다

아기 엄마가 왔을까?

마을 회관 안에는
우리 할머니 또래의
7학년 몇 반뿐,

유모차를
보행기로 재활용하는

할머니가

엄마가 되기도 하고
아기가 되기도 한다

골프

딱! 하는 딱총 소리에
놀라 날아오른 새

작은 둥지에는
동글동글 새알 하나

딱! 딱!
딱총 소리가 날 때마다
둥지에는

새알 하나씩 있다

밭두렁

아침부터 점심때까지
밭두렁을 파고 오신
할아버지

점심 드시고
낮잠 한숨 주무시면서도
밭두렁 파시나 보다

드르렁
드르렁
(밭) 드르렁

가로등

밤에만
활짝,
피어나는

또 다른
달맞이꽃

눈 1

녹으면
물이 됩니다

눈물이
흐릅니다

뽀드득
닦아줍니다

외계인 머리인 줄 알았다

거북이 한 마리
엉금엉금 기어가고 있다

머리를 쓰다듬으니
부끄럽다는 듯 쏙 밀어 넣는다

잠시 후 고개를
빼꼼 내밀고 눈치를 살핀다

유에프오에서 나오는
외계인 머리인 줄 알았다

코뿔소

코에 죽순이 자란다
쑥쑥 자라나면
대나무가 될 텐데
죽순 나물하면 맛있겠다
사나운 코뿔소가 흠칫,
뒷걸음치다 달아난다
내가 코뿔소를 이겼다
코에 난 멋있는 뿔을
죽순 나물하겠다 하니
달아나는 저것 좀 봐
사실 나 죽순 싫어하거든

제2부

냄비 귀

거미줄

동서남북으로
기찻길이 이어진
기차 종점 역

기차는 모두 떠나고
홀로 역을 지키는
거미 역장

해

팽이가
이글이글 돌고 있다

내 눈도
빙글빙글 돌고 있다

누가 이길까?

산 그림자

온종일 서 있는 산
다리 아프겠다

저수지 물 위에
누워서 쉬고 있다

강아지 집

택배로 온 동화책을
잠깐 읽고 있는데
얼룩이가 박스에 들어가 앉는다

지붕이 없는
강아지 집

읽고 있던 동화책을
그대로 씌워 주자
세상에나 멋진 지붕이 되었다

붕어빵

저수지 얼음을 깨고
붕어 낚시하는 아빠를 기다리다가
더는 못 참겠다는 듯
아이들 포장마차로 간다

동네 친구 몇 명
벌써 와서 붕어를 낚아 올려
뼈째 한 마리 입에 넣고 있었다

팥고물이 부서지며
입안 가득 부드러운 달콤함이
전해져 올 무렵
붕어 낚시 갔던 아빠가 돌아오고 있다

서둘러 붕어를 낚아
아빠보다 먼저
집에 도착하려고 달리고 또 달린다

겨울나무

생선 가시밖에
남지 않았다

바람이 발라 먹고
버리고 간

앙상한
겨울나무

새 한 마리 날아와
가시에 앉는다

다 발라 먹었다고
울다가 날아간다

눈 2

바닷물처럼
짭조름하고

할머니 허리처럼
꼬부랑한

라면 과자는
보이지 않고

별사탕만
송이송이

눈사람

아이스크림 뜨는
주걱으로

아이스크림을 뜨다가
실수로 떨어뜨렸다

거꾸로 뒤집혀
고깔모자 쓴

눈사람 하나
앉아 있다

소꿉놀이

엄마를 맡은 아이가
쓰레기를 담장에 말려 놓았다가
끓이는 시늉을 한다

아빠를 맡은 아이가
뭐야, 쓰레기 국인가?
"시래깃국이에요"

우주에 사는 외계인 친구도
아마 소꿉놀이하면
우주 쓰레기로 시래깃국 끓이려나

입장 바꾸기

빨랫방망이가
북어를 때리고 있다

잠시 후,

북어가 빨랫방망이를
마구 때리고 있었다

북어

방금 잡은 그대로를
생태라고 부르는
명태란 녀석

바짝 말리면
책을 영어로 북(book)
물고기를 한자로 어(魚)

책 물고기를
신나게 때려서 만든
북어포

전날 과음한 아빠,
아침밥 먹을 때
시원하게 속풀이 한다

칫솔

칫솔꽂이에 꽂힌
내 칫솔

그리고 동생 칫솔
마주 보고 있다

아빠랑 엄마 잔소리
갉아 먹는 악어 이빨

우각호

그림 그리기 대회 날
소 한 마리 그리다가
소뿔 하나만 그리고

창밖 해처럼
잠이 쏟아져서
책상에 엎드려 잤다

짝꿍이 내 그림에
장난을 쳐놓았다

제목 '우각호'
초승달이나
소뿔 모양으로 된 호수

시상식 날
최우수상에
내 이름이 불렸다

냄비 귀

뜨겁다고 들썩거리며
구시렁거리는 냄비

참다못한 엄마가
귀를 잡아끌고 간다

"이거, 도저히
말로 해서는 안 되겠네!"

―야! 좋은 말 할 때 놓으시지?

냄비가 나보다 낫다
난 엄마한테 쩔쩔매는데

제3부

고양이 쥐 생각

눈 3

하늘에서 내린 눈
한 장의 그 편지지는
순수한 우윳빛 색

전학 간 친구
보고 싶은 내 마음
하늘까지 닿아

송이송이 내려준
고마운 편지지
슬픈 눈망울

알았다고,
알았다고,
나 대신
펑펑 울어주네

겨울 씨앗

답답한 땅속 감옥
출소하는 봄날

눈 부신 햇살 보며
만세 삼창 부르겠지

나뭇가지 연필

국어 시간에
꾸벅꾸벅 졸다
책상에 엎드려 잔다

꿈속 어느 숲속
나무 위에 올라간다
잔가지를 잡아서
그만!

떨어지는
그 순간
깨어난다

오른손에 들고 있는
나뭇가지 연필

방귀

선생님께서
엉덩이로 웃자

아이들은 모두
입으로 웃는다

뿡뿡! 뿡뿡뿡! 뿡!
하하! 하하하! 하!

무릎 딱지

며칠 전에
다친 무릎을
구부리고 앉아
가만히 바라보니
봉우리에 올라
야호! 하는 등산객 같다

돌탑

주말이라 놀고 싶은데
아빠 손에 이끌려
오랜만에 산에 올랐다

정상에 오르면
잡힐 것 같았던 구름
더 높아져 있다

"아빠 진작 좀 얘기하지!
산봉우리 생일인 줄 몰랐잖아!"

아빠는 자꾸 모른 척
무슨 소리냐는 듯
내가 가리키는 곳을 쳐다본다

고깔모자 쓰고
앉아 있는 산봉우리

거꾸로 가는 세상

여름에는 용가리가
불을 내뿜어서
엄청 뜨겁더니

겨울이 오자
해마가 물을 내뿜어서
꽁꽁 얼었다

세상이 엄마처럼
거꾸로 돌아간다

아빠처럼 똑바로
가야 하는데

엄마의 로봇 선물

아파트 1층에서
엘리베이터 상자에 포장된다
12층에서 문이 열리자
엄마가 반갑게 맞이해 준다

"숙제해!"
—삐리, 삐리, 숙제합니다
"밥 먹어!"
—삐리, 삐리, 밥 먹습니다
"마트에 가서 콩나물 사 와!"
—삐리, 삐리, 콩나물 사……

뚜! 뚜!
간식비로 충전해야 합니다

편의점에서 컵 짜장 먹기

만화 보려고 하는데
아빠가 티브이를 보고 있다
곱슬머리 개그맨 형이
자연인 아저씨와
밥 먹는 장면이 나온다
쳇! 개그맨이면 다인가?
출출해서 편의점으로 간다
컵 짜장을 하나 사서
정수기 뜨거운 물을 부어
나무젓가락으로 저어서 먹으려는데
면발이 개그맨 형처럼 곱슬곱슬하다
"곱슬머리 형, 미안해"
내 목소리에 편의점 카운터에 앉아
꾸벅꾸벅 졸고 있는 알바 형이
깜짝 놀라서 일어나는데
그 형 머리도 곱슬머리이다
나는 용기 내어 물어보았다
"형, 그 머리 자연산 아니죠?"
그러자 형이 웃으면서
"그래, 양식이다"

풀 뜯어 먹는 염소

봄이 오자 풀밭에
뿔 같은 풀이 돋아난다

제 뿔보다
더 멋지게 보이는 뿔

하나도 남김없이
뜯어 먹을 것 같다

풀밭이 백지처럼 되면
멋진 동시를 써 놓으려나!

우리 동네 명물

사이렌 소리가 들리면
모두 그쪽으로 쳐다보는데
경찰차, 소방차
구급차가 꼭 있다

우리 동네
명물이거나 말거나
나는

마을 회관에서 방송하면
회관 쪽으로 귀를 기울인다
남자보다 똑 부러진 이장님
내가 생각하는 우리 동네 명물

김밥 한 줄

김밥 한 줄

양쪽 끝에 하나씩

꽁다리 두 개,

좁은 방에서 온 가족이

자그마한 이불 덮고

아들딸을 위해

양쪽 끝에서

이불 밖으로 발을 내놓은

아빠랑 엄마

53

모래사장

사장님도 아닌데
해안가에 걸터앉아
파도를 끌어와
배 떵떵 치고 있네요

사장님도 아닌데
갈매기가 틈틈이
끼룩거리면서
커피를 타주고요

선생님도 아닌 짝꿍이
교편으로 교탁을
마구 두드리는 것처럼

고양이 쥐 생각

길고양이 한 마리
바닥에 떨어진
나뭇잎을 보고 있다

꼬리는 있는데
발도 없고
머리도 없네?

이게 지금
거북이인 줄 아나!

제4부

스팸

김

꿈속에서 임금이 되었어요
먼저 김을 불렀답니다
웃음을 꾹 참고
네 이름이 무엇인고?
김이올시다
그래, 멋진 성이로구나
그렇다면 이름은?
김이올시다

오호라!
네 성은 '김'이고
네 이름은 '이올시다'로구나

나비 1

연애편지 받았는지
꽃밭에 숨어서도
누가 볼까
접었다 폈다
접었다 폈다

꽃밭에 똥 싸러
들어간 세종이
연애편지 읽고 있나

엉덩이를
실룩샐룩
실룩샐룩

우주에 사는 아이

우주에 사는 아이도
나처럼
밤에 무서워서
불 끄고 잠 못 자나 보다

달을 환하게 켜놓고
야광 별을
벽에 붙여 놓고서야
잠자는 것을 보니

껌

엄마가 밥을 먹고
후식이라면서
질겅질겅 껌을 씹는다

풀을 먹고 나서
껌 씹는 소를
언젠가 본 적이 있다

풍선껌을 씹다가
풍선을 부는
개구리도 보았었다

껌 씹는 내기를 한다면
소가 일등
개구리가 이등
엄마는 꼴등

스팸

누나는 스팸 문자를 지우고
나는 스팸 메일을 지우고
마트 갔던 엄마 장바구니에
지우지 못한 스팸이 숨어 있습니다

나비 2

밴드

꽃이
상처가 난 꽃잎에
붙이는

가위바위보에서 이기면

아카시아 잎을 먼저 떼고

계단을 앞질러 올라가고

가위바위보에서 이기면

길

굽은 길은
팔을 안으로 굽혀
나 자신만을 생각하고

곧은 길은
팔을 밖으로 내밀어
나 외의 모두를 생각한다

새싹

봄이 오자
쑥쑥 채워집니다

겨우내 싱싱한 맛 못 본
염소랑 소를 위해

파릇파릇
지구 여물통에 가득합니다

음매~ 음매~
맛있게 먹겠습니다

불꽃

산에 꽃이 피었다
꽃은 아름다운데
산에 피어난 꽃은
빨리 져야 한다고
소방 헬기까지 뜬다

꽃이라고
다 아름다운 것은
아닌가 보다

목련꽃 1

봄 대청소하는 날
아침

어라?
여기 손걸레가 있네?

바람이 가져가다
하늘 한 번 올려다보더니

어라?
하늘에도 보송보송한
손걸레가 있네?

시주

곱슬머리를 하고서
오른손을 들어 손짓하더니
왼손을 내밀었습니다
과자 사 먹으려고
아껴 놓았던 만 원짜리 한 장,
꼭 쥐여 주면서 속삭였죠
이걸로 맛있는 식사하세요

벽시계

벽이 숨 막힐까 봐
시계를 걸어 놓으니

째깍째깍
째깍째깍

벽이 숨을 쉬고 있습니다

칠게

할머니가 잡아 온
일곱 마리
게

세어 보니
일곱 마리가 아닌
서른 마리도 더 넘는다

할머니는 칠게라고 했는데
잘 못 세었나 보다

제5부

4월 16일 우리는 별이 되었어요

콩콩

숙제하고
놀러 가라
콩콩

해가 지기 전에
집에 와라
콩콩

엄마는
마늘을 찧으며
내 마음도 찧는다

축구공

누더기 옷 입고
꾀죄죄해도
발로 차지 말아요

혹시 그 친구를
발로 차고 싶으면
저를 뻥, 차올리세요

저도 이렇게
누더기 옷 입고
꾀죄죄하잖아요

잔머리

편의점에서
컵라면을 사면
나무젓가락이
따라온다

나무젓가락
한 짝이 필요하면
컵라면을 사야겠다

자작나무

바람이 땔감을 구하러
자작나무 숲으로 들어갔어요

얼룩말 같아서 이랴이랴
채찍질해도 가만히 있었어요

자작나무를 불 속에 넣으니
그제야 자작자작 달리고 있어요

뜨겁다고 불 밖으로
금방이라도 달려 나올 것 같아요

얼룩말

초원을 신나게 달리던 얼룩말이
백화점 인형 판매대에 들어왔어요
자기와 똑같이 생긴 얼룩말을 보고
나보다 더 보송보송한 털을 가졌구나
그때 얼룩말 옆으로 꼬마 아가씨가
엄마 손을 잡고 걸어가고 있다
꼬마 아가씨 뒤를 졸졸 따라가는데
백화점 점원이 소리 지른다
이봐요! 거기 꼬마 손님,
얼룩말 인형 바코드 찍으셔야죠?
순간 놀란 나머지 얼룩말 눈동자가
용수철 달린 스프링처럼 튀어나올 것 같다
저기요! 저는 몸에 찍힌 바코드가 커도
너무 커서 바코드 기계가 못 읽을 거예요

구름 보따리

왕만두처럼 불룩한
구름 보따리
시골 할머니 가지고 온
보따리 풀 듯 풀어보니

꽃봉오리 열리는 비꽃
주룩주룩 주룩비
가느다란 가랑비
보슬보슬 보슬비
실눈 뜨고 보니 실비

제주도의 봄

제주도에 봄이 오면
물결도 많다

바다 물결
유채꽃 물결
사람 물결

돌로 만든 할아버지
미소 짓고 있다
혼저옵서예 *

몰려오던 사람들
한 명씩 거리를 둔다

* '어서 오세요'의 제주도 사투리.

목련꽃 2

꽃향기가 어둠보다
진하게 스며든 봄밤

엄마랑 단둘이
배드민턴을 쳤는데요

내가 친 셔틀콕은
자꾸만 목련 쪽으로 날아가
나뭇가지에 앉는 거예요

할머니는 밤마다
새 쫓는 소리로 훠이~ 훠이~
동생에게 자장가를 불러줘요

풋! 풋!

아직 익지 않은 과일은
풀냄새처럼 싱싱하답니다

선생님께서 작년 수업 시간에
싱싱한 방귀를 뀌셨답니다

풋! 풋!
풋! 풋!

교실에서는 방귀 냄새보다
더 지독한 풀냄새 가득했답니다

방귀 소리가 옆 반까지 들리는
민기가 그중에 가장 싱싱했더랍니다

괄호 열고 싸움 괄호 닫는다

동생과 티격태격
괄호 열고 싸움

아빠가 와서
괄호 닫는다

(싸움)
괄호 속에 갇힌 싸움

북극성

일주일에 한 번씩
자리를 바꿔
서로 짝꿍이 달라지는데

선생님께서는
교실 칠판 앞
그 자리 그대로이다

북극성도
자리 바꾸지 않는다고
그저 웃으신다

선생님 자리를
교실 가운데로 옮기고

우리들은 선생님 양옆에
카시오페이아처럼
북두칠성처럼
자리 배치하면 좋겠다

수평선

고무줄놀이하는
여자아이 한 명 없는데
고무줄만 잡고 있다고?

허튼소리 하지 마!

파도가
높은음자리표로
철썩!
뛰어넘고 있잖아

저 갈매기 좀 봐
주둥이 가위 가지고
싹둑 자르려 하네?

서둘러 다른 파도가
갈매기를 가로막는다

오선지도 아니고
일선지인데

무슨 높은음자리표라고!
덧줄이라도 그었나 봐

잔뜩 기가 죽은 파도가
낮은음자리표로
고무줄을 뛰어넘고 있다

처얼썩!

4월 16일 우리는 별이 되었어요
― 세월호 8주기를 기리며

저는 별이 되었어요
저뿐만 아니라
249명의 다른 친구들과 함께

우리는 바라지 않았던
밤하늘의 별이 되었어요

친구들끼리 손잡고
별자리를 만들었어요

저 혼자서는 절대
만들 수 없는 별자리를
우리가 만들었어요

그리운 엄마 아빠
보고 있나요?
우리들이 만든 별자리를요

쑥섬 고양이

꽃을 머리에 이고 있는 쑥섬은
전라남도 고흥군 봉래면의
나로도항이 바라다보이는 곳에 있어요
쑥이 쑥쑥 돋아나는 봄철에는
꽃향기도 물결처럼 넘실거리고요
터줏대감인 고양이가 수염을 늘어뜨리고
햇살 젖을 한참이나 쪽쪽 빨아 먹더니
이리 뒹굴 저리 뒹굴 할 일 없이 빈둥거리다
마을 회관 앞 주차된 보행기에 훌쩍 올라가
늘어지게 낮잠을 자는 한가로운 섬이에요
정상에는 꽃들이 둘러앉아 고양이가 남긴
햇살 젖을 빨아 먹느라 봄바람이 와도 몰라요
갈매기 카페 지붕에는 모형 갈매기 한 마리
하염없이 바다를 바라보며 앉아 있는데요
심심해진 고양이가 같이 놀자고 야옹거려요
저기 배 쑥섬호가 바다 청바지를 다리며
우리를 쑥섬으로 데려다주려고 오네요

머리카락

나는 중국집에서 배달된 짜장 면발

엄마는 미용실에서 염색하고 온 듯

오른손으로 비빌까? 왼손으로 비빌까?

고민하든가 말든가 후루룩후루룩

나는 짜장면 생각 엄마는 비빔국수 생각

꽃잎 발자국

발 행 | 2022년 4월 05일
저 자 | 정민기
펴낸이 | 한건희
펴낸곳 | 주식회사 부크크
출판사등록 | 2014.07.15.(제2014-16호)
주 소 | 서울 금천구 가산디지털1로 119, SK트윈타워 A동 305호
전 화 | 1670 - 8316
이메일 | info@bookk.co.kr

ISBN | 979-11-372-7908-7

www.bookk.co.kr
ⓒ 정민기 2022